KB148358

안나의 경희대병원 16층 안정병동 이야기

안나의
경희대병원 16층
안정병동
이야기

글·그림 안나

한국전자도서출판
Korea eBook Publishing Company

| 목차 |

　스트레스가 심했던 아르바이트를 4월을 마지막으로 끝내고 즐거운 백수 생활을 보내리라 다짐하며 열심히 생활하던 나, 그렇게 5월의 막바지에 접어 들어가는 어느 날, 나와 관련성이라곤 하나도 찾을 수 없을 것 같은 031로 시작하는 번호로 몇 번이고 전화가 오기 시작한다. 모르는 번호면 절대 받지 않던 나는 02도 아닌 031으로 시작하는 번호를 보고 몇 번이고 무시를 하지만…… 너무 자주 걸려오는 전화에 의구심이 든 나는 결국 수화기를 들고, '031로 시작하는' 의정부 사이버 수사대에서의 전화에 내 인생은 송두리째 뒤바뀐다.

　"000씨 맞으십니까? 000씨 아는 사이 맞으세요?"

평소와 같이 아무렇지 않은 듯 생활하다가도 점점 누군가 나를 알아보는 듯한 따가운 시선을 받는 느낌에, 점점 주변을 병적으로 의식하기 시작하는 자신을 발견하게 된 나는 밖으로 나가지 않으려다가도, 갑작스레 나가서 새벽까지 놀다 오거나 많은 술을 한 번에 마시고 오는 등 이상증세를 보이기 시작한다. 결국 가족이 보는 앞에서 스스로의 감정에 못 이겨 식칼로 손목을 긋는 극단적인 시도를 하게 된 후, 그제서야 나는 스스로가 정신적으로 위험에 빠졌다는 것을 뒤늦게서야 깨닫는다.

　급한 대로 근처 동네 의원의 정신건강의학과를 가지만 대학병원의 정신병동에 가는 것을 권장하는 의사의 의견에 따라, 소견서를 들고 경희대의 진료를 받고, 입원은 예상했지만 예상치 못한 당일 입원치료 진단이 떨어지게 되는데…….

이대로 병실로 올라가면 한동안 내려오지 못할 것임을 짐작하고, 같이 병원에 와준 어머니에게 '다시 집으로 돌아가고 싶다'고 말하고 속으로 눈물을 흘리지만, 어머니의 '왜 도망치려 하냐'는 말에 더 이상 이대로 도망칠 수만은 없다는 걸 깨달은 나는 결국 마음을 다잡고 병실에 입원하기로 한다.

그렇게 병동에 들어온 나는 후에 '흑진주'라는 아이와 '15살의 어린 아이'와 친한 친구 사이가 된다.

'낯설지만 치료를 위해 적응하기로 마음을 먹자. 앞으로 몇 주, 몇 달이 될지 모르지만.'

나의 24일간의 정신병동 이야기

안나의 경희대병원 16층 안정병동 이야기

정신병동의 기억

● 병원에 입원한 첫 날

손목에 식칼로 베인 상처가 다 아물지 않아 욱신거릴 즈음, 어느새 경희대병원 정신과에 예약한 날이 다가왔다. 몹시 긴장되었다. 동네 의원에서 소견서를 받고, 경희대병원에 방문을 해서 미리 진료 예약을 했었기에, 이번에 이 곳에 온 건 벌써 두 번째인데, 막상 코앞에 진료시간이 다가오니 처음 온 장소에 어른 하나 없이 떨어진 어린아이처럼 긴장이 되어 손톱만 물어뜯었다.

그에 무색하게 병원의 진료는 곧 시작되었고 나는 진료실에 들어간 지 얼마 지나지 않아 눈물을 흘렸다. 이놈의 눈물은 언제쯤 마를지 창피함을 모르고 계속해서 흘렀다. 눈물을 흘리며 의사와 이야기를 하는 중 의사가 내게 말을 건넨다.

"오늘 저에게 이야기하는 것보다는 우선 병원에 오신 목적을 말씀해주세요."

순간 마음이 철렁하고 내려앉았다. '이런 무례하고 냉혈한인 사람이 있나? 눈앞에 사람이 그것도 환자가 울고 있는데 진정도 안 시키려 하고 왜 왔냐고 물어보다니! 왜 오긴 왜 오냐? 약 먹거나 병원 입원하러 왔겠지. 그걸 물어봐야 아냐?' 라고 내 입을 놀리고 싶었지만 그랬다간 나만 이상한 사람 취급받고, 의사의 얼굴만 일그러질 게 뻔하니 진정하고 "의사가 입원을 권했고 나도 입원을 해야겠다 싶어서 왔다."라고 말을 했다. 지금이야 이 정도의 진정함이 나오지 그 당시에는 정말 의사의 냉정함에 가슴이 미어질 정도로 마음이 아팠다. 요새 말로 마상(마음의 상처)을 입었었다.

하지만 내가 누군가. 의사가 보인 모습에 다른 환자들은 몰라도 나는 명색이 서비스업 4~5년차 경력을 가진 여자다. 그렇게 나는 진료 중에 최대한 감정표출을 줄이고 의사와 대화를 이어나갔다. 길었던 진료가 끝나고 의사가 밖에서 대기하고 있던 어머니를 불렀다. 아마 입원 건 때문이다. 다른 건 없을 거다. 생각하며 기다렸다.

내가 이렇게 초조하고 불안했던 건… 사실 '누군가가 칼로 나를 죽일 것 같다.' 는 생각과 '내가 칼로 누군가를 죽일 것 같다.' 고 말한 게 있기 때문이다. 이걸 의사가 어머니에게 말한다면 어머니도 내가 무서워지지 않으실까 걱정이 되기 때문이었다.

5시간 같던 5분간의 대화가 끝나고 어머니가 나오셨을 때 내가 입원해야 하기 때문에 당신을 부른 것이라고 설명을 하시곤, 별다른 말은 없으셨다고 한다.

'어른인 내가 스스로 입원을 하겠다는데 부모(보호자)의 동의가 필요한가?' 궁금했지만 이내 고개를 끄덕였다. 내가 환자라는 사실을 망각할 뻔했다.

'아… 나 지금 환자지?'

하곤 5초간 피식하고 웃어버렸다.

◇◇◇◇◇◇◇◇◇◇◇◇◇◇

　정신과 진료실 앞의 작은 데스크의 간호사에게 안내를 받았다. 할 일이 너무 많았다. 1층 무인민원발급기로 가서 가족증명서를 발급받고 필수서류에 서명하니 이제서야 입원수속이 끝나 16층으로 올라갈 수 있었다.

　'아… 정신병동은 어떻게 생겼을까? 위험한 사람들이 잔뜩 있지 않을까.' 많이 걱정하고 긴장하며 엘리베이터를 타고 올라갔다. 순간 뉴스 기사에서 봤던 정신질환자가 사람을 밀쳐 죽게 만들었다던 뉴스가 떠올랐다. '어떻게 하지? 나는 안전할까? 아니 그들도 나로부터 안전할까?' 라는 생각이 가득 차올랐다.

　16층으로 올라오고 나니 경희대 본관 병동은 리모델링 중이라 깔끔하고 외부인의 접촉을 최대한으로 막고 있었다. 정신병동뿐만 아니라 일반병동까지도. 다행이라고 생각이 들었다. 정신과라고 대놓고 차별은 하지 않아서. 만약 정신과라고 환자, 외부인 인식 바코드 찍는 곳이 여러 군데 있었다면 항의했을 것이다. '우리가 그렇게 위험한 사람들은 아니라고.' 이런 말을 하는 동안에도 사실 자신은 없다. 이래서 정신질환자인가보다.

다시 본론으로 돌아와서, 경희대 안정병동은 바코드를 찍고 병동 외부의 문이 열리면 병동 안으로 들어가기 위해 벨을 눌러야 한다. 벨을 누르면 병동 간호사가 나와서 환자의 온 몸을 수색하고 보호자와 환자를 떨어뜨려 놓는다. 나 또한 그렇게 보호자 즉, 어머니와 작별인사를 하고 병동 안으로 들어갔다. 이제부터 돌이킬 수 없다. 치료가 끝날 때까지 다시는 일상으로 돌아갈 수가 없다는 뜻이다.

보호자는 밖에서 의사와 대화를 하고 나는 병동으로 들어와 밖에선 어떻게 지냈는지, 어떤 일이 있어서 들어오게 되었는지 의사와 면담을 했다. 즉 안정병동에 처음 입원을 하게 되면 보호자와 환자 모두 의사와 면담을 해야 한다.

하지만 그 면담은 내게 있어 너무 부담스러웠다. 내가 무슨 일을 겪었는지 꼭 비밀로 하고 싶었기 때문이었고, 가족에게도 비밀로 하고 싶었던 일까지 분노로 다 토해내고, 식칼로 내 팔을 그어버리기까지 했기 때문에… 하나부터 열까지 전부 다 말하는 것이 힘들었지만, 말하고 싶지도 않아도 억지로 다 말해야만 했다.

자신을 제대로 마주 볼 수 있어야 자신의 상처도 치료할 수 있으니까… 내 담당의사 선생님을 믿고 나의 과거를 말했다.

면담이 끝나고 2인실로 와서 아무것도 하지 않고 가만히 앉아 있었다. 그러다 문득 걱정이 되어서 복도로 나가 둘러보니 환자로 보이는 사람들 중 폭력적이게 생긴 사람들은 없었고, 다들 순하게 생기거나 소심하고 우울하게 보이는 환자들만 있었다. 그런 그들을 보니 두려움은 사라졌지만 동시에 우울한 기분이 들었다.

그렇게 저녁식사 시간이 오고 취침시간이 왔는데, 나는 미리 입원준비를 하지 않고 온 탓에 씻지도 못하고 잠을 청했다. 하지만 낯선 환경과 아무것도 가진 게 없는 상태에서 잠은 잘 오지 않았다. 그리고 병원비가 많이 걱정되었다. 너무 비싼 병원비가 어머니에게 큰 부담이 될 것 같았기 때문이다. 나 자신이나, 앞으로의 치료 등이 걱정되는 것이 아니라.

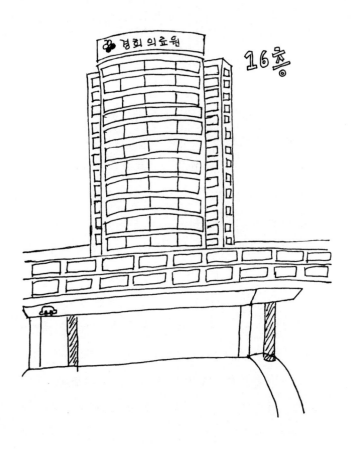

9월 13일 금요일

● 13일의 금요일

13일의 금요일이다. 이곳에선 거실 같은 공간에 작은 도서관이 있어 책을 읽는 것이 가능했다. 그 중에 '비타민'이라는 책이 있는데 '스펀지'라는 TV프로그램처럼 호기심 해결에 대한 내용이었다(그 안에 13일의 금요일에 대한 설명이 나왔는데, 너무 길고 정확한 이유가 없이 가설만 많으니 굳이 적지는 않겠다). 하지만 13일의 금요일은 불길한 날이라는 생각에 나는 오늘을 잠으로 극복하기로 결정했다. 병동에 입원한 지 2일. 약을 먹으면 졸립다.

TV나 영화처럼 정신과 약을 먹고 정신이 몽롱해지고 어지럽고 잠만 자는 그런 느낌이 아니다. 그냥 평소보다 조금 피곤할 뿐이다. 그리고 이곳은 항상 건조해서 안구건조증도 생겨선지 더 피곤한 느낌이 드는 것 같다. 내게 일어난 13일의 금요일 저주는 아마 안구건조증이 아닐까.

난 너무 피곤하고 졸려서 잠을 잤지만, 다른 병동 사람들은 모두 모여 거실같은 공간에서 윷놀이를 했다고 한다. 그들은 13일의 금요일 저주를 윷놀이로 극복한 모양이다.

　이 병동의 사람들은 대체로 우울한 사람, 조증인 사람, 불안장애인 사람, 알코올 의존증인 사람, 조현병인 사람, 여러 병명의 사람들이 모여있지만 마치 때 타지 않은 순수한 사람들처럼 보일 때도 있다. 예를 들면 게임 할 때. 윷놀이를 할 때. 화투 칠 때. 원카드를 할 때.

　참 아름다워 보였다.

　다양한 이유로 모인 다양한 개성의 사람들이 모여도 서로 싸우지 않고 화합을 이룬다.

　이곳이 병동이기에 가능하지 세상 밖이라면 이렇게 다양한 사람들끼리 서로를 이해하고 양보하며 살 수 있을까? 라는 의문이 들었다.

FR✝DAY

THE 13TH

● 15살 친구의 등장

　나는 2인실에서 4인실로 이동해서 그곳에서 만난 '흑진주'라는 친구와 재밌게 대화를 하고 있었다. 그런데 원래 내 자리였던 2인실의 그 자리에 어린 친구가 새로 들어왔다고 한다. 그래서 나도 모르게 그 친구에게 "2인실에서 안 좋은 냄새가 나지 않아?"라고 질문해 버렸다. 깊게 생각하지 못하고 무심결에 무례한 질문을 했지만, 다행히 15살의 그 친구는 나의 말실수를 잘 못 알아들었는지, 안 좋은 냄새는 나지 않는다고 말했다. 그렇게 우리는 수다를 떨면서 친해져 게임을 같이 하기 시작했다.

　루미큐브, 체스, 오목… 다양하게 게임을 하며 놀았다. 하지만 게임 초보인 내겐 전부 어렵기만 하고 어색했다. 결국 2시간이 넘는 게임 시간 동안 내내 지기만을 반복했다. 여기 사람들은 게임의 신인 것 같다. '도대체 얼마나 병원에 오랫동안 지루하게 있었으면 게임을 이렇게 잘하게 되는 걸까? 나도 이렇게 되는 걸까?' 라는 생각을 했다.

게임을 마치고 이곳 게임을 할 수 있는 집단치료실엔 피아노도 있었기에 나는 피아노를 쳤고 나는 각자 퇴원하기 전에 노래 한 곡씩을 쳐주기로 약속을 했다.

내가 잘 할 수 있을까 하는 생각이 들었지만 어설프게라도 해내야겠다!

Girl's can do anything! 이라지만 중학교 1학년 이후로 피아노를 쳐본 적이 없는 나는 아주 힘겹게 피아노를 연습해야 했다. 낮은도에서 높은도까지 손가락이 안 벌어져서 낮은시까지가 최고였던 나는 스타카토를 치듯이 손을 벌려서 쳐야만 했다. 최대한 티가 나지 않게 피아노를 연주했는데 다들 눈치챘을까 모르겠다.

9월 15일 일요일

● 잠과의 전쟁

어제 잠을 늦게 자서 그런지 오늘은 뻐근한 아침이다.

보통 밤 10시 전에 잠들어 아침 6~7시 사이에 일어나는데, 기존의 내 생활패턴과 병원생활의 패턴이 많이 달라서 힘이 든다. 이러다 버릇 들어서 퇴원해도 아침 7시 30분마다 밥 먹기 위해 일어날 기세다. 원래라면 잠을 위해 밥을 포기하는 나였기 때문에 이런 생활은 내게 충격 그 이상이다. 그리고 요새 계속해서 악몽을 꾸고 있는데. 이름하여 '세균과 바이러스의 싸움'. 내용은 모험과 SF의 결합이다. 세상에 맙소사! 이런 황당한 개꿈 같은 악몽은 처음인데 내 몸에 이상이 있는 것인가?! 꿈보다 해몽이라는데 나쁜 꿈보단 좋은 꿈이길 바란다.

세균과 바이러스의 꿈은 예지몽이었던가. 오늘 뇌 MRI를 찍었다. 검사 때마다 울려 퍼지는 소리는 늘 적응이 안 되는데, 검사하는 내내 '아마 MRI의 소리에 세균과 바이러스가 신나서 춤을 추지 않을까?' 하는 생각을 했다.

검사결과는 이상없길 바랬으나 선이 하나가 튀어나와 있다는 말을 전해 들었다. 선이라고? 당최 무슨 말인지 알 길이 없지만 큰 문제는 없다는 말을 듣고 그제야 안심했다. 마지막으로 5가지는 족히 되어보였던 입원 시 했던 심리검사도 문제가 없길 바란다(심리검사지는 경희대 1층에 검사결과를 받는 곳이 따로 있다고 해서 그곳에서 받아야 한다고 했다. 참으로 복잡하다). 참… 나는 바라는 게 많다. 하느님께서 들어 주시면 안 되는 걸까? 기도를 열심히 해야 할 것 같은 하루다.

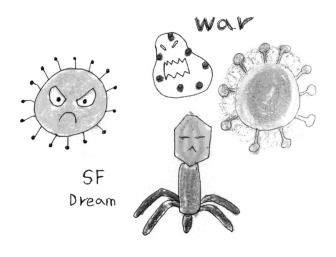

9월 16일 월요일

● 6시 30분에 일출을 보다

푹 자고 일어났더니 이상하게도 새벽이다.

4인실 내 옆자리 원언니와 흑진주가 창가에 있어 따라가보니, 아름다운 일출이 벌어지고 있었다. 그 광경에 나도 그들 옆에 서서 일출을 감상했다. 나에게도 저런 빛이 날 수 있을까? 나는 언제쯤 행복할 수 있을까? 모든 걸 알 수 없는 앞으로의 내 미래들이 저 빛처럼 아름답게 빛났으면 좋겠다고 생각했다.

오늘은 아침부터 감성적인 하루다. 그 감성을 담아 그림을 그려보기로 했다.

어머니한테 12색 색연필과 색칠하기를 부탁한 적이 있었다.

A4용지나 도화지가 없어서 노트를 대신 찢어서 일출을 그렸다. 어머니에게 부탁한 12색 색연필로 그려보았는데 색감이 나쁘게 나오지는 않아서 만족스럽다.

흑진주에게 예쁜 별모양 스티커를 받아 하늘에 붙였다. 이 그림을 다 그리자 내 침상 근처의 언니들이 전부 예쁘다며 칭찬을 해주셨다. 몇 안 되는 색깔로 이렇게 예쁘게 잘 그렸다며 비행기를 띄워주셨고 난 열심히 비행기를 탔다. 마치 예술가가 된 것 같았다.

9월 17일 화요일

● 검사의 날 & 그림의 날

어제는 MRI를 찍었는데 오늘은 X-ray, 심전도를 찍었다. 내일은 소변검사하러 비뇨기과에 가야 하는데 내가 생각보다 아픈 곳이 많구나 싶었다. 예전부터 잔병치레가 많아서 병원에 자주 오더니 정말 걸어 다니는 종합병원이다. 매일같이 밥 먹고, 피아노 치고, 놀고, 먹고, 즐겁게 보내고 있는데 왜 아픈지 이해가 안 간다.

그런데 이렇게 안 좋은 나날을 보내는 와중에 같은 방을 쓰던 동생 흑진주가 다음 주에 퇴원을 한다고 한다. 이렇게 금방 헤어지다니. 정들면 헤어지는 게 이곳의 법칙인가 보다. 이곳은 안정병동이라는 이름을 가지고 있지만 정신병동이라 연락처를 교환하면 안 되는 곳이다. 그래서 매주 사물함 검사를 하며 연락처가 나오면 간호사가 가져간다.

나는 흑진주에게 계속 있어 달라고 말할 수 없어 보고 싶어질 것 같은 이 느낌을 편지로 적어서 보냈다. 흑진주도 보답을 편지로 해주었다. 요새는 카카오톡, 이메일로 대화를 나누지만 우리는 그럴 수 없으니 편지를 주고받았다. 가까이 있으면서 편지를 쓴다는 게 참 색다른 느낌이었고 더 뜻깊은 메시지 전달 역할을 하는 것 같았다.

◇◇◇◇◇◇◇◇◇◇◇◇◇

또 다른 좋은 일을 적자면, 이곳은 월요일부터 금요일까지 프로그램이 있는데 음악감상 프로그램 시간에는 예전에 유행한 노래를 들을 수가 있다. 그때 음악감상만 해도 되지만, 심심하면 서로에게 그림을 그려주는 딴짓을 해도 된다. 나는 경희대 간호학생과 얼굴 그림을 서로 그려주었고 15살 친구의 얼굴을 그려주고 마지막으로 음악감상 치료를 맡은 남자 의사 선생님의 그림도 그려드렸는데 그림을 드릴 때 어깨를 넓혀드렸다고 말씀드렸더니 '옷 때문에 작아 보이는 거고 원래 넓다' 고 말하며 자신감을 뽐내셨다. 그의 말에 나와 다른 사람들끼리 몰래 웃었다. 요즘 내 그림을 보고 만족해하는 사람이 늘어나 즐거워하는 사람이 생기니 기분이 좋다. 힘이 난다.

안나님

● 오늘보다 더 신날 내일

오늘은 게임, 피아노, 책 읽기 이런 것만 하고 있다.

내 계획에 다이어트는 이미 어디로 간 것 같다. 지금도 간식을 먹으면서 계속 먹는다.

그리고 흑진주가 가기 전에 피아노 한 곡을 들려줘야 하는데… 어떤 곡을 들려줘야 할까, 무난한 'you raise me up'이 좋을까 고민을 한다.

내일 내가 친언니에게 부탁한 악보와 명화 색칠하기 세트가 빨리 오면 좋겠다.

◇◇◇◇◇◇◇◇◇◇◇◇◇◇◇

새벽에 잠을 자지만 수면제 덕분에 자는 거라 일어나서 상쾌하지가 않다.

그리고 새벽에 라운딩(병실을 돌면서 환자들의 상태를

보는 것)하는 간호사 분들과 눈을 계속 마주칠 때면 뻘쭘하다. 잠을 못 자서 눈이 마주치는 것이기 때문에 간호사는 늘 나에게 '잠이 잘 안 와요?'라는 질문을 하고 나는 늘 '네, 잘 안 와요.'라는 대답을 한다. 그렇게 나는 잠 오는 약을 처방받아 먹는다.

게다가 이런 일이 있는 다음날 의사가 찾아와 상태를 묻고 간다. 약 때문에 잘 자서 좋은데 약을 써서라도 너무 날 재우려 한다. 가끔은 약 없이 자 보고 싶다. 왠지 못 잘 것 같지만 말이다. 그래도 시도는 해 보고 싶다. 진정제든 수면유도제든 덜 먹고 자는 날이 오길 바란다.

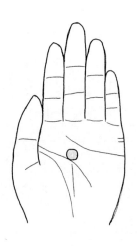

9월 19일 목요일

● 집단치료와 면회

아침부터 늦잠을 자고 비몽사몽한 상태로 햄버거를 분해해 먹었다. 아침은 늘 선택식이고 빵식을 선택해서 먹는데 높은 확률로 빵이 뻑뻑해서 먹기 힘들다.

오전에는 춤추는 집단치료를 했는데, 다같이 모여서 춤추고 자기소개하는 시간이었고 '간지럽게'라는 노래를 시작으로 한 사람이 춤추면 나머지가 따라서 춤추는 시간이었다. 한 명이 웨이브를 추면 다같이 웨이브를, 또 다이아몬드 스텝을 밟으면 따라서 한다. 춤을 좋아하는 나한테는 너무 재밌었고 웃긴 프로그램이었다.

그리고 오전의 집단치료가 끝나고 점심식사 후 어머니가 면회를 하러 오셨다. 어머니와의 면회는 잠깐이지만 소중하고 짧고 아쉬운 시간이었다. 보통 1시간에서 1시간 20분 제한인데 헤어질 땐 시간이 1시간이 너무 짧게 느껴진다.

이번 면회시간엔 병동 밖 면회실이 아닌 병동안의 집단치료실에서 면회를 해서 어머니에게 피아노 소리를 들려줄 수 있었다. 잘 치지는 못했지만 좋아하시는 어머니의 모습을 보니 기분이 좋으면서도 슬픔이 느껴졌다. 내가 그동안 어머니한테 좋은 모습을 많이 보여드리지 못한 것 같아 가슴이 미어졌기 때문이다. 멜로디언이라도 사서 연주해드리고 싶은 마음이 굴뚝같다.

◇◇◇◇◇◇◇◇◇◇◇◇◇◇

오후에는 서예프로그램이었다. 이번에도 집단치료실에서 프로그램이 진행되었는데, 서예 시간에 모두의 바램을 적는 시간을 가졌다. 나는 흑진주, 15살 친구, 나의 우정이 오래가길 소망하는 글을 적었고 '홍콩할매'라는 언니는 자신의 허리가 26인치로 허리가 좀 더 얇아졌으면 한다고 숫자를 크게 적기도 했다. 그리고 요새 들어 내가 그림을 그리고 글을 쓰는데 많은 분들이 관심을 가져주신다. 왠지 작가가 된 기분이고 예술가가 된 것만 같다. 이곳에서 좋은 기억이 만들어졌고 또 이 좋은 기억을 가져가게 되어서 좋다.

참! 서예시간에 웃긴 해프닝이 있었다. 좋은 남자를 만나라는 말에 내가 '남자가 싫다.'고 하니 '너희 나이 또래를 만나지 마!'라고 숏컷을 한 이모가 말을 했다. 그래서 내가 '다 나이많은 남자만 만났어요.' 이러니 "그럼 그 새끼들도 다 개새끼들이야?"라고 하셔서 그 자리에 있던 모두가 미치도록 웃게 되었던 헤프닝이 아직도 잊혀지지가 않는다. 이 순수하면서도 웃기고 묵직한 팩트 폭행을 날리는 이 숏컷 언니의 정체가 뭔지 정말 궁금하다. 그리고 무엇 때문에 이곳에 오게 되었는지도 궁금하다. 오늘도 안정병동은 엉뚱하며 활기차다. 가끔 이유 없이 눈물이 나서 울고 다니는 사람들이 있는가 하면 이렇게 웃음이 끊이지 않는 사건 사고들도 있다. 이곳도 사람 사는 동네다. 참으로 매력적인 안정병동이다.

9월 20일 금요일

● 병원 밖으로 나갈 준비를 하다

오늘은 오후산책이 있는 날.

설레는 마음으로 아침준비를 시작한다.

샤워를 하고 싶은데 매번 하는 아침 식후 혈압을 재고나니 하나 있는 여자 샤워실에서 누군가 씻고 있다. 입원 환자는 여러 명인데 샤워실은 여자 남자 딱 하나씩이라니… 눈치껏 씻어야 한다. 이름하여 샤워 눈치 게임, 빠밤!

거기에 세탁기가 없어서 손빨래까지 직접 하니 샤워시간은 무한으로 늘어간다.

◇◇◇◇◇◇◇◇◇◇◇◇◇◇

결국 산책은 포기하고 친언니가 선물해 준 명화 DIY 색칠하기 세트를 하기로 했다. 해바라기를 색칠하고 있는데 이토록 지겹게 노란색 계열만을 색칠하는 나 자신의 얼굴도 노랗게 변할 것만 같다. 황달이 오는 느낌이다. 다음 번에는 여러 가지 색이 들어가 있는 명화 색칠하기 세트를 찾아야겠다. 하지만 완성도가 높아져만 갈수록 디스크 때문에 목과 허리는 아픈데 그림을 완성하고 싶은 욕심은 커져서 몸이 아프더라도 무리해서라도 더 하고 싶다.

그림 하나에 모두의 관심이 쏟아지니 나도 덩달아 같이 관심을 받는 것 같아 기분이 좋으면서 부담감도 느껴진다. 오늘의 일기는 그림 이야기로 가득 차 버렸지만, 오늘은 일주일 동안 고생했던 실습생들의 실습이 끝나는 날이다. 다른 과는 2주라는데 정신과는 1주라서 짧고 안타깝고 정신과 무시하나 싶기도 하다. 다음엔 강동경희대 소아과로 간다는데 잘 지내길 바란다.

한 명 한 명 이름을 밝힐 수는 없지만, 여기서 같이 게임하고 춤도 추고 춤추다 지쳐서 피아노 연주도 하고 비밀이야기도 나누던 친절하고 유쾌했던 예비 나이팅게일들. 우리들을 만나고 좋은 기억만 가져가줘요. 특히 나는 그림과 쪽지를 작성해서 준 사람들이 많은데 못 받으신 분들은 아쉬워하지 말고 받으신 분들은 오래동안 간직해줬으면 좋을 것 같아요.

　모두들 행복하고 건강하게 잘 지내요. 다시 한번 우리 눈높이에 맞춰 노력해줘서 고마워요.

9월 21일 토요일

● 72시간 배뇨일지 쓰기

장장 72시간 동안 화장실을 갈 때마다 소변량을 확인해야 하는 불편함을 겪은 적이 있는가? 난 오줌소태(방광염)이라 했을 뿐인데 이런 불편한 검사가 등장했다. 힘들었지만 3일 동안 꼬박꼬박 열심히도 적었다. 아마 병원이기에 가능했을 것이다. 집이었으면 절대로 못 했을 것이다. 결과는 빈뇨. 아침에 소변을 자주 보는 것 때문에 약을 복용하기로 하였다. 3주 이상은 먹어야 효과가 있다고 하니 꾸준히 먹는 수밖에. 효과가 빨리 나타나길 기대해 본다.

아침에는 vital sign(활력징후)를 체크하고 침상의 모포를 제대로 개어 놓았다. 샤워한 내 몸이 아니라 모포에서 냄새가 나는 것 같아 새 모포가 필요했기 때문이다. 모포라고 하니 보호사님이 피식하고 웃기도 하셨다. 담요를 모포라 부르니 군대식 같아서 웃기시단다. 하지만 이상하게 내 입에선 담요보단 모포가 더 입에 맞는 듯하다. 실제로 병원에서 사용하는 담요를 보면 담요같은 아담한 사이즈가 전혀 아니라서 모포라 불러야 할 것만 같다(화투용 담요 크기다). 아무튼 정리를 하고 여태까지 그려둔 그림을 벽에 테이프로 붙여놓으니 기분이 어찌 이리도 좋은지! 고흐의 '해바라기'도 걸어 두니 생각보다 너무 예쁘고 멋지다. 그림 속 해바라기들이 너무 침울하고 죄다 시들어 버려서 보기 애매했는데 막상 보니 볼 만하더라. 앞으로 병원에 입원해 있는 동안 많은 그림을 그리고 싶다. 질려서 못 그릴 때까지. 그 다음엔 '키스'를 그려보고 싶고 만개한 꽃들도 그려보고 싶다.

　하지만 이번엔 '예수와 양떼'를 색칠할 것이다. 어머니를 위해서이다. 내가 나에게 벌어진 사건을 비밀로 하고 꼭꼭 숨겨뒀을 때 도저히 참지 못해서 집안에 있는 예수와 마리아를 집어 던진 적이 있었다. 그걸 만회하고 싶었다. 그래서 이번엔 예수를 색칠하기로 마음먹었다. 부디 어머니가 마음에 들어하시길 바란다.

● 눈물의 버킷리스트

오전 10시 30분에 글짓기 수업이 시작되었다.

대부분의 수업은 강제성이 없기 때문에 자유롭게 들을 수 있다. 이번 글짓기 수업의 주제는 버킷리스트인데 다들 하고 싶은 게 많은지 열심히 작성을 했다. 나는 프라다 백 사기, 다이어트, 수중촬영하기 등을 적었다.

이후 발표가 시작되었는데 뭔가 특별해 보이는 할아버지가 발표를 하니 모두가 집중을 하기 시작했다. 그 내용은 '나는 과거에 교통사고로 죽을 뻔했는데 지금 살아있다. 그래서 나는 욕심 안 내고 건강하게 사는 것이 내 버킷리스트다.' 라고 말씀하셨다. 모두들 감동받았고 난 눈물을 흘렸다. 코가 욱신거릴 정도로. 한편으론 물질적인, 상대적인 행복을 가지고 비교를 한 나 자신의 모습이 창피했다. 이런 나의 모습이라니… 나는 나의 버킷리스트를 수정했다. '죽기 전에 부모님께 효도 제대로 하기'로. 잘 지키고 싶다. 지금 충분히 괴롭히는 것 같아서. 얼른 다 나아서 퇴원해야겠다는 생각이 많이 든다. 오늘 면회 때 1층에서 피아노 연주회를 보며 어깨 들썩이던 어머니가 눈에 선하다. 눈물이 난다. 약에 면역이 생겼나보다. 원래 약을 먹으면 슬픈 감정이 잘 안 느껴져야 하는데…. 이 아련하게 느껴지는 슬픔은 대체 무슨 감정일까? 오늘 밤은 몰래 이불 속에 숨어 눈물을 훔칠 것 같다. 어머니, 부디 건강하게, 더 큰 수술하지 않고 안 아프게 오래오래 행복하게 살아야 해요.

● 다채로운 일상

오늘, 아니 어제부터 입술이 아프기 시작했다.

구순포진 때문이다. 식사하기도 버겁다. 안 좋고 힘들고 신경 쓰이는 일이 있어서 그런가보다. 엎친 데 덮친 격으로 흑진주가 퇴원확정을 받았단다. 오늘내일 퇴원해도 된다고 한다. 대학병원 입원은 처음이라 잘 모르겠는데 원래 이렇게 퇴원하는 건가?

당일 퇴원이라니… 빨라도 수요일에나 퇴원할 줄 알았는데 흑진주가 가면 이제 그 빈 자리는 누가 채워줄까?

◇◇◇◇◇◇◇◇◇◇◇◇◇◇◇

아침식사 후 전화를 걸어 어머니가 오는 걸 확인한 후 병실에 앉아있었다. 그러자 주치의 이상민 교수님이 오셨다. 오시자마자 나와 벽에 붙어있는 그림을 번갈아 보며 놀라셨고, 감탄하셨다. '10년 동안 환자가 그린 그림 중에 제일 잘 그렸어요.' 라며 칭찬해 주셨다. 너무 기뻤다. 비록 내가 그린 그림이라기보다 색칠한 그림이지만 기분은 좋았다.

그리고 내가 쓰고 있는 이 글도 보여드렸다. 그랬더니 '이러다 에세이 나오는 거 아니냐'고 하셨다(그 말을 듣고 내가 지금 이렇게 글을 쓰며 준비중이다).

교수님, 감사합니다.

◇◇◇◇◇◇◇◇◇◇◇◇◇◇◇◇

내가 오늘 제목을 다채로운 일상이라 적지 않았는가?

흑진주가 제목을 지어줬는데 새로운 간호 실습생도 왔기 때문이다. 이번 주도 다양한 일들이 벌어지겠지. 참으로 다채로운 월요일이다. 평상시의 나 같았으면 월요병이라며 월요일을 끔찍이도 싫어할 텐데, 안정병동에 입원하고 나서부터는 월요일이 은근히 기대가 된다.

피아노 연습을 하던 중 저녁 7시가 넘어서 외박을 나갔던 흑진주가 돌아왔다. 그걸 본 15살 친구가 뛰어나가고 연달아 나도 나갔다. 흑진주가 씻는 동안 15살 친구와 나는 루미큐브를 하며 놀았고 흑진주가 오자 나는 피아노를 쳐주었다. 흑진주가 내일 당장이라도 퇴원할까 봐 조바심이 났다. 그래서 완벽하지 못한 곡들을 연주하기 시작했다.

'흑진주의 퇴원 축하합니다'

그 결과는 엉망진창 난리 부르스… 실수 대박이었다. 내 손에 땀이 흥건해 건반에서 미끄러지며 다른 건반을 치며 난리였다. 하지만 흑진주는 좋다며 박수를 쳐주었다. 내게 너무나 큰 감동이었다. 못하고 실수해도 좋아해 줄 누군가가 있다는 건 큰 축복이다. 흑진주야 고마워!

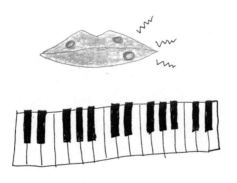

9월 24일 화요일

● 흑진주의 퇴원과 남은 사람들의 외로움

흑진주가 10시에 퇴원을 했다.

오전에 힘겹게 축하송을 불러주고 (어제도 했지만 오늘도) 간호학생과 함께 노래를 부르며 퇴원길을 밝게 비춰주었다. 흑진주의 퇴원은 성대하게 끝이나고 우리는 뿔뿔이 흩어지지 않고 집단치료실에서 루미큐브를 했다. 뭔가 허전하면서도 채워지지도 않는 0의 느낌.

나는 게임을 그만두고 장현도 작가의 '트레이더'라는 장편소설을 읽었다. 영화 '돈'을 보고 너무 재밌어서 찾아서 읽고 있는데 1권은 다 읽었으니 2권 차례다.

얼른 어머니가 면회 오는 목요일이 왔으면 좋겠다. 바쁘게 지내야 내 힘든 일이 생각나지 않으니까 그래서 나는 계속해서 바쁘고 할 일이 많게 지냈다.

그런데… 잊고만 지내던 그 사건… 그 사건이 27일날 있던 재판이 10월달 둘째주로 미뤄졌다.

나는 재판이 미뤄진 게 힘든데 변호사들은 미뤄진 게 정말 아무렇지 않은가 보다라고 생각했었다. 그런데 나중에 들어보니 상대 쪽에서 급했는지 합의 재촉을 많이 했다고 한다. 그도 그럴만한 게 잘못을 많이 했으니 그렇지… 세상의 누가 원만히 합의를 해줄까 싶다.

병동에 있다보니 다양한 직업을 가진 사람들이 많은데 그러다가 변호사 소개를 받기도 했다. 하지만 이미 국선변호사도 있고 사선변호사도 선임한 상태라서 더 선임하지는 않았다. 내가 너무 나약하다는 것을 뒤늦게 깨닫는다. 국선변호사는 서류전달만 한다는 것과, 사선변호사는 돈이면 다 한다는 사실을… 범죄 가해자라도 변호한다는 사실을. 나는 너무 어리고 세상물정을 모르는 어린아이다. 아직도 너무 어리다.

책도 그림도 손에 잡히지 않고 눈물만 난다.

이미 5월달에 벌어진 일이라 경찰서, 검찰청이나 법원까지 가서 진행이 많이 되었지만 아직까지도 난 그때를 마주보기가 어렵다. 지치고 힘들다. 잘 놀고 쉬다가도 이 사건 관련해서 연락만 받으면 눈물을 흘려 담당 의사 선생님도 알 정도다. 전화를 받으면 울어서.

　더 이상 울고 싶지 않다. 행복해지고 싶다. 그러기 위해서 내가 강하고 당당해져야 한다. 하지만 피해자는 언제나 늘 당당해지기가 어렵다. 늘 움츠러드는 게 피해자다.

　자신감이 늘 떨어진다. 왜 그런지 나도 잘 모르겠다.

● 작열감

지금 나는 작열감을 느끼고 있다.

구순포진에 걸린 내 입술에서 느껴지던 고통이 재판에 의해 마음속에서 다시금 느껴진다.

오늘 어머니, 이모, 사촌언니가 면회를 온다고 했다가 안 온다고 한다. 내게 아무 생각 말고 푹 쉬라 하던 가족들이 갑자기 면회를 안 온다고 한다.

내 사건인데 나만 진행상태를 모른다. 죽고 싶다.

내 눈에는 눈물이, 마음 속엔 분노가, 내 입술엔 작열감이, 내 두 손끝에선 원망스러움이 이런 글을 쓰게 만든다.

오늘도 아침부터 내 두 손을 달래며 하루를 시작한다.

내가 또 나에게 나쁜 짓을 할까 봐….

하느님 계신다면 도와주세요, 아무리 초범이라지만 그 사람 감옥 갈 수 있게 도와달란 말이에요.

오늘 집단치료 대화프로그램을 처음으로 참여했다.

여러 가지 프로그램들이 있었고 다른 건 몇 번 참여한 적이 있는데 집단치료 대화프로그램은 처음이었다.

집단치료 대화프로그램 과정 중 여러 가지 질문 중 "퇴원하면 하고 싶은 것은?" 이 있었는데, 어제 새로 들어온 아저씨가 말 몇 마디 못하고 눈물을 흘렸다. 나는 퇴원하기 싫다고 고개를 절레절레 젓다가 왜인지 모르게 그 아저씨랑 같이 울었다. 갑자기 대화하는 것이 힘들었고 특히 다른 사람이 말하는 걸 듣기가 너무 힘들었다.

나는 팔짱을 끼고 거부하는 자세를 취했다. 내 옆의 담당의 선제영 선생님이 전부 다 눈치채셨다. 수업이 끝나고 내게 와 '힘들면 중간에 나가도 괜찮다' 라고 말하며 위로를 해주셨다.

나는 아직 세상에 나갈 준비가 안 되었나 보다.

아직 갈 길이 멀다.

아주 많이 멀다.

9월 26일 목요일

● 모든 걸 되돌리고 싶은 날

오늘은 아침부터 외출을 다녀왔다.

오늘은 서류 때문에 바쁘게 보냈다.

오늘은 글을 쓰고 싶지 않다.

오늘은 기분이 매우 좋지가 않다.

오늘은 모든 것이 끔찍하다.

오늘은 언제나와 같이 변호사가 밉다.

오늘은 쉬고 싶다.

오늘은 그만하고 싶다.

오늘은 악몽이 다 없어지길…

하느님이 계신다면 도와주세요.

● 하루종일 예수님을 그리다

'예수님과 양들'이 도착해서 기다리고 있어서 드디어 오늘 꺼내서 색칠하기 시작했다. 다들 관심이 많고 간호학생과 15살 친구가 도와줘서 하루 만에 완성!

벽에 붙여놓으니 정말 작품같다.

비록 색칠하기지만 완성하고 나니 너무 마음에 든다.

이제 자리가 꽉 차서 더 이상 색칠해서 붙이지 못하겠지만 더 하고 싶다.

그림을 더 그리고 싶다. 내 실력도 뽐내고 싶다.

9월 28일 토요일

● 15살 친구의 눈물 그리고 모든 여자의 눈물

오늘 15살 친구가 많이 울었다. 그 이유는… 비밀이기에 알려줄 수 없다.

다만 한 가지 확실한 것은 나, 15살 친구, 옆 침상의 언니들 모두 남자에 의해 큰 피해를 입었고, 그 트라우마나 상처가 크다는 점이다. 누구의 눈물이 더 무거울지 직접 재보지는 않았지만, 이 세상의 모든 여자의 눈물의 무게는 남자들의 눈물의 무게보다 더 무거우리라. 그 눈물들의 가치 또한 여자들의 눈물이 더 가치 있으리라고 나는 굳게 믿는다.

내가 5월부터 흘린 두 달의 눈물은 어떤 값어치를 할지, 또 그 이후 지금까지 흘린 눈물은 얼마일지… 과거에 흘렸던 내 눈물은 얼마였는지 나는 알 길이 없다. 나는 인생을 잘못 살아왔다. 나도 그 누구도 자신의 인생을 되돌릴 수 없다.

사람을 쉽게 믿으며 사랑에 쉽게 빠지며 사랑에 모든 걸 바쳤다. 남들이 보면 헤프다고 말할 정도로. 사람에게 열심히 하는 게 이제 헤픈 세상. 여우처럼 살아가라는 게 조언인 이 세상.

참 너무하다. 하지만 이제 후회는 나의 몫이다. 이제라도 제대로 살아야 한다. 더 이상 망가지지 않도록… 조금씩 나의 퇴원 날이 다가온다. 퇴원 후를 생각하자. 이제부턴 잘 살아야 할 것이 아닌가?

9월 29일 일요일

● 조조할인

아마 퇴원하게 되어 다시 일상으로 돌아가면 난 조조할인을 잘 받을 수 있을 것 같다. 요새 아니 2~3주가 되는 기간동안 모든 잠을 일찍 자서 일찍 일어나기 때문이다. 그리고 요새 치는 피아노 곡도 '조조할인'이다.

요새는 여러 가지 일들이 있다. 15살 친구의 비밀의 또 다른 비밀이라든가, 홍콩할매와 같이 서로 얼굴을 그려준 그림이라든가, 이어서 읽고 읽는 '트레이더' 2권이라든가 곧 내가 월경이 올 예정이라 그런지 몸에서 열이 많이 나기도 한다. 요새 몸이 많이 지치고 힘들다. 아니 내가 그냥 아픈 것인가? 잘 모르겠다.

오늘도 그림을 그렸다. 해가 뜨는데 어제 비가 오고 오늘은 하늘이 맑아서 멀리 있는 용마산이 잘 보여서 산을 예쁘게 표현해 보았다. 산이 마치 어두운 밤하늘 같아 예쁘다. 얼른 퇴원해서 용마산도 등산해야 하는데 큰일이다.

9월 30일 월요일

● 산책

처음이자 마지막인 산책이다. 두근거린다.

여태까지 다른 친구들을 위해 의리로 산책을 안 나갔는데 드디어 오늘은 나간다. 사뿐히 의리를 놓고 경희대학교 안으로 가본다.

막상 도착해보니 어딘가 익숙한 큰 건물과 분수대가 보였다. 고려대랑 건물양식이 비슷했다. 아무튼 경희대 한바퀴를 돌고 매점으로 가서 간식을 사 먹었다. 다들 병실에서 못 먹는 라면을 시켜먹는데, 나는 과일모듬을 사먹었다. 극히 호불호가 갈린다는 '솔의 눈'도 사 마셨다.

라면 같은 경우는 병실에서 냄새 때문에 금지하는 음식이기 때문에 라면 먹고 싶어서 산책나오는 사람도 있다고 할 정도로 산책 간식으로 인기가 많다. 그리고 병실로 와 제일 먼저 샤워를 하고 사람들을 피해 1등으로 병실에 산뜻하게 앉았다. 좋은 느낌이다. 그렇게 여유를 부리던 중,

사촌 언니에게 전화가 왔다는 소식을 받았다.

전화를 하면 울 것을 아는 나는 어머니에게 전화를 먼저 걸었다. 어머니와의 통화는 매번 모녀지간의 사이를 더 돈독히 만들어 주었다. 서로 눈물을 흘리고 흐느끼며 합의 내용을 말했다. 나는 더 이상 말하기도 생각하기도 싫었기에 합의하고 잊는 데 전념하고 싶었고, 어머니는 감옥에 보내길 바랐다. 나의 잊고 싶은 과거… 나도 그놈을 감옥에 보내고 싶었지만 현실이 자꾸 아른거린다. 도대체 어떻게 해야 하는 것일까? 이런 상황에서 감옥과 합의를 선택하라면 무엇을 선택할 것인가? 양심이 있다면 죄값을 치르러 감옥에 갈 것인가? 어머니라면 당연히 자기 자식이 안 좋은 일을 당했으니 입에 풀칠을 겨우 하더라도 합의 안 하고 감옥에 보내려고 애쓸까? 또 자기 자식이 그 어떤 죄를 지었다고 하더라도 감옥에 보낼 부모가 있을까? 선과 악은 무엇이며 어떻게 작용해야 하며 누구를 위한 것인가?

법은 왜 가해자만을 위해 있는 것인가. 피해자를 위한 법은 없는 것인가?

난 우리나라의 법을 이해할 수가 없다.

10월 1일 화요일

● 무제

제목을 정할 수 없었다. 할 수 없었다. 어젯밤 9시에 취침 전 약을 먹고는 가슴이 답답하고 열이 나서 간호데스크로 갔더니 vital sign을 체크하셨다. 맥박이 146··· 당연히 경고음이 들리고 간호사는 의사에게 전화를 걸어 약을 준비하고 난 약을 먹고 잠을 청했다. 맥박이 빨리 뛰니 덥고 미칠 것 같고 자꾸 가슴을 쿵쿵 치게 된다. 옛날 어르신들이 답답하다며 가슴을 치는 느낌이 이런 것일까. 그렇다면 이제 그 느낌이 뭔지 알겠다.

자꾸 차갑고 시원한 걸 찾게 되고 마치 누군가가 나라는 빈 냄비를 끓여 무언가를 얻으려고 하는 느낌이었다. 모든 속이 고갈되었는데 불만 지펴서 '야! 힘 좀 써봐!' 하는 소리를 듣는 기분이었다.

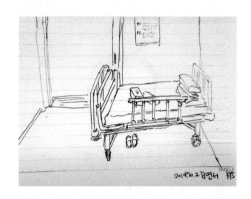

간호학과 학생도 실습을 하듯이 의사학과 학생도 실습을 한다. 의사학과 학생은 실제 의사선생님이 오셔서 대화하라며 소개시켜 주고 자리를 비켜준다. 그렇게 의사학과 학생이 오면 수다를 떤다. 그러다 내 그림 이야기가 나와서 심심하니 서로 그림을 그리기로 했다. 서로 그림을 그리고 주고받으며 사이좋게 마무리했다. 나보다 더 각도를 잘 잡아서 그림을 잘 그리던 예비의사! 그리고 96년생이라 나랑 나이 차이가 한 살밖에 안 나서 더 놀라웠다. 앞으로 30대 중반까지 쭉 이 과정을 해야 한다는데 힘들어도 힘내길 바란다. 에스컬레이터처럼 한번 타면 힘들이지 않고 알아서 올라가는 것처럼 저절로 시원하게 올라가길 바란다.

10월 2일 수요일

● 이상민 교수님

여기 경희대엔 귀요미 마동석씨와 비슷한 이상민 교수님이 계신다. 듬직한 어깨와 커다란 몸, 묵직한 목소리… 내가 그림을 열심히 그리다 보니 다들 탐을 내는데 선생님들도 탐내시고 교수님도 탐내신다. 교수님이 은근슬쩍 '그림 달라는 사람에게 줘요?' 라는 질문에 안 준다고 했는데 이 교수님이라면 하나쯤 드리고 가야지 생각하고 있었다. 그나저나 그림 그리는 사람에게 그림 주냐는 질문은 너무 귀엽지 않은가?! 안 주고 갈 수가 없다!

그래서 담당의 선제영 선생님께 물어봤더니 어떤 그림이든 좋아하실 거라며 놀라게 해드리라고 하시길래. 의미 있게 처음 색칠한 해바라기를 드렸다. 예수와 양떼들은 어머니를 위한 그림이기 때문에 어쩔 수 없었다.

이상민 교수님은 자주 보지는 못했지만 손수건을 잘 들고 다니며 얼굴을 닦으신다. 내가 병원에 오래 다니게 되면 손수건을 하나 선물해 드려야겠다는 생각이 든다.

◇◇◇◇◇◇◇◇◇◇◇◇◇◇◇◇

갑자기 15살 친구가 내일 10시에 퇴원을 한다고 한다.

너무 갑작스러워 아무런 준비도 하지 못했다…

피아노 연주와 작은 몰랑이 엽서편지를 준비했다. 하지만 15살 친구는 10시가 넘도록 늦잠을 자는 바람에 결국 내 연주를 듣지 못하고 퇴원을 했다. 조금 속상하긴 했지만 내 안 좋은 피아노 실력으로 친 음악을 듣는 게 고역일 테니 억지로 들려주려 하진 않았다. 그래도 듣고 가지….

사실 15살 친구가 퇴원하는 오늘은 며칠 전까지만 해도 나도 퇴원하는 날이었다. 하지만 나는 퇴원이 미뤄져 토요일로 결정이 났고 짧은 며칠 사이 내 복잡했던 일 또한 어느새 종지부를 찍었다. 날 입원하게 만든 일이 끝났다는 것이다. 아직 합의서에 도장을 찍은 건 아니지만 벌써 마음이 홀가분하다. 난 다른 피해자보다 합의금을 더 받았다는데 아마 자살시도를 해서 병원에 입원해서 그런 것으로 추정된다. 하지만 정말로 이것으로 끝인지 아닌지

난 모르겠다. 그놈에겐 끝이지만 난 평생 동안 짊어지고 가야 할 상처니까. 내 흉터도 영원히 사라지지 않을 흉터니까. 치료해도 100%는 사라지지 않는다고 하더라. 앞으로 그 누가 내 상처를 이해하고 보듬어줄까. 그런 사람이 누가 있을까. 나타날까? 아니 태어는 났을까 싶다.

◇◇◇◇◇◇◇◇◇◇◇◇◇◇

다른 해바라기를 색칠해 보았다.

● 끝을 향해 나아간다

우리는 모두 인생이라는 시작에서 행복이란 끝을 위해 나아간다.

15살 친구가 나간 자리엔 다른 환자가 이동을 한다. 그리고 우리들은 아무렇지 않게 오늘을 보낸다. 아침밥을 먹고 점심을 먹고 피아노를 치고 고스톱을 치며, 걷기운동을 하며 낮잠을 자며 각자 하루를 보낸다. 퇴원은 끝이자 새로운 시작이니 이곳의 모두들 언젠가는 안정병동을 나가서 잘 살기를 바란다. 행운을 빈다. 나에게도 얼마 남지 않은 병동생활…

뭐, 늘 그렇듯 내 자리가 비어도 어색하지 않게 다들 평상시와 같게 지낼 것이다.

10월 4일 금요일

● 미션 임파서블

덜덜덜덜… 엉덩이에 핸드폰을 숨기고 병실로 들어왔다. CCTV로 가득한 곳에서 혹시라도 보지 않았을까 싶어 걱정이 되지만 급한 메시지를 받을 일이 있어 들고 들어와 버렸다.

다행히 입원복을 입고 나서는 주머니만 보기 때문에 내 엉덩이는 안전했다. 엉덩이 사이에 끼우고 온 게 아니라 내 핸드폰 케이스가 두꺼워서 그냥 엉덩이 뒤에 걸치고 들어온 것이다. 절대 끼고 들어오지 않았다! 오해하지 말기를…!

한편으론 내일이 퇴원이라 봐 주시는 건가 생각도 했다. 스릴이 넘치지만 아슬하고 위험한 일이니 나와 같이 정신병동에 입원한 사람이라면 최대한 하지 않도록 하자. 왠지 이게 출판이 되고 누군가가 읽는다면… 이 아니라 수간호사분이 읽는다면 그 밑에 간호사분들은 정말 혼날 것 같다. (죄송합니다. 제가 정말 급한 일이 있어서 어쩔 수 없이 들고 들어왔습니다.)

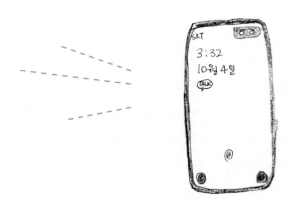

10월 5일 토요일

● 퇴원

학수고대하던 퇴원 날이다.

퇴원인데 마음이 허전하다. 약 먹어도 잠 못 들어서 새벽마다 간호사와 눈 마주치고, 약 더 먹고 잠자던 것도. 아침에 힙업 스트레칭하다 회진 돌던 의사선생님들과 눈 마주치는 애매한 상황도. 핸드폰을 못 해서 색연필로 색칠하고 틀린 그림 찾기 하며 놀던 것도 이제 퇴원하면 하지 않을 장난들이다.

마냥 어색하기만 하다. 언제나 똑같은 아침 빵 식사, 점심과 저녁엔 너무나 익숙한 된장국 그리고 얼린 두부로 만든 반찬들… 둘이 먹어도 둘 다 안 먹을 얼린 두부로 만든 반찬들마저 너무 그리워질 것 같다. 퇴원하면서 나에게 있었던 그 사건도 같이 해결되어서 마음이 편하다.

검사비와 병원비를 봤을 때는 절대 마음이 편하지 않았지만… 3주에 300만원 정도 나왔다. 검사비만 100만원 정도 든 듯하다. 돈 없이는 마음 편히 입원도 못 한다. 알아두자. 산정특례는 조현병일 경우 가능하다고 하고 나머지 울증, 조증 이런 것들은 안 된다고 한다. 게다가 실비보험도 안 되니 참 안 되는 것도 많다. 나도 힘들었다. 보험 좀 늘려주면 좋겠다.

퇴원인데 왜 이렇게 기쁘지가 않은지 이상하다. 퇴원하기 전에 나는 피아노를 연습하다가 CCM이 쉬워보여 CCM을 연습할 때 내게 찬송가를 피아노로 쳐달라던 40대 오빠와 눈이 마주쳤는데 서로 인사를 하며 내가 '절대 병원에서 다시 보지 말자'며 작별인사를 하고 왔다. 그리고 병동 밖으로 나가기 전까지 복도에서부터 보이는 사람들에게 전부 작별인사를 하며 나왔다. 다들 잘 지내는지 궁금하고 잠은 잘 자는지 밥은 잘 먹는지 화투는 잘 치고 있는지 나와 15살 친구가 유행시킨 루미큐브라는 게임은 아직도 인기가 많은지 궁금하다. 놀러갈 수 있는 장소는 아니지만 다들 잘 지내고 있으면 좋겠다. 그리고 다들 발복하시길….

안정병동에 갈 수도 있는 사람들을 위한

안정병동 후기

안정병동에서의 24일은 짧은 기간이 절대 아니었다.

대략 20일 정도까지는 편안하고 퇴원하기 싫은 기간이었지만 나머지 4일 동안은 감옥과 같은 기간이었다. 도망가고 싶고 탈출하고 싶어서 검사를 받으러 1, 2 층으로 내려가는 매 순간마다 뛰쳐나가고 싶었다.

그걸 간호조무사나 보호사들이 알고 있을지는 모르겠지만 한 눈 팔면 도망치기도 쉽다.

◇◇◇◇◇◇◇◇◇◇◇◇◇◇◇◇◇

안정병동 안에서의 생활은 어느 병실에 들어갔는지에 따라 조금씩 달라진다.

1인실에 들어간다면 본인이 하고 싶은 대로 할 수 있지만 말할 상대가 없어서 심심하다는 단점이 있고, 2인실에 들어간다면 말할 상대가 있어서 다행이지만 주로 거동이 불편하신 분들이 2인실에 많이 계시기 때문에 말이 잘 안 통한다는 단점이 있다. 장점이자 편한 점은 조용하다는 것. 3인실은 가보지 못했고, 4인실은 적당한 인원수에 시끄럽지도 조용하지도 않고 홀수가 아닌 짝수라서 (여자들은 짝수로 친구들을 만드는 것을 좋아한다) 대화하기에도 좋고, 한두 명이 빠져도 나머지 인원이 있기 때문에 어색하거나 불편하지 않다. 다만 문제는 짝수이기 때문에 다툼이 일어나면 갈라져서 눈치 싸움을 해야 한다.

내가 4인실에 있을 때는 팔이 불편한 언니가 있어서 식사를 대신 가져다 주거나 간식이 있으면 다같이 나눠먹는 배려심이 돋보였다. 다른 방은 어떤지 모르겠다. 다만 내가 있던 4인실엔 매우 좋은 사람들이 있었다.

◇◇◇◇◇◇◇◇◇◇◇◇◇◇◇◇◇

샤워실에 대해서는 문제가 많다.

샤워호스도 줄이기 때문에 굉장히 짧게 되어 있고, 거울은 유일하게 화장실에만 있으며 화장실과 샤워실은 센서가 있어서 사람이 들어와야지만 불이 켜진다.

또 여자, 남자용 화장실, 샤워실이 하나씩 있기 때문에 눈치게임해야한다. 씻기 위해서 눈치를 봐야 한다.

또 세탁하기 위한 세숫대야도 반입불가이기 때문에 손으로 직접 속옷을 세탁하거나 면회 올 때마다 가족에게 맡겨야 하며, 수건 같은 경우 매번 샴푸로 냄새나지 않게 세탁하는 게 좋다.

◇◇◇◇◇◇◇◇◇◇◇◇◇◇◇◇◇

반입불가 물품

테이프도 불가, 책에 붙어있는 선도 가위로 잘라서 반입
이 되고 가위는 당연히 불가능. 거울도 위험해서 반입불
가, 나사나 못도 불가능하다. 위험해보이는 물품은 다 불
가능한데 특이하게도 가그린도 반입이 불가능하다. 작은
가그린은 가끔 통과가 되는 모양이지만 큰 가그린은 통과
되지 않는다.

가그린 외에도 될 수 있으면 작은 사이즈의 물품을 가지
고 가는 것을 추천한다.

◇◇◇◇◇◇◇◇◇◇◇◇◇◇◇◇◇

마지막으로 많은 분들이 궁금해하는 것이 있는데,

정신과에는 영화에 나오는 것처럼 머리에 전기충격을 주는 치료가 있다. 자세한 것은 나도 모르지만 기억을 일시적으로 지워준다고 한다.

나도 받고 싶었지만 다시 몇 개월 후면 다시 돌아온다는 말에 접었다. 하지만 욕심이 나는 건 사실이다. 누구라도 지우고 싶은 기억이 있는데 몇 개월이라도 지울 수 있다면 돈을 내고 꾸준히 지우도록 노력할 것 같다. 비록 주변의 다른 기억도 지워진다는 단점이 있지만….

1. 핸드크림이나 풋크림

내부가 굉장히 건조하기 때문에 수건을 수시로 적시는 분도 계시다.

건조해서 코 속도 건조해져서 코피가 잘 난다. 코피가 거의 나 본 적 없는 나도 코피가 자주 나서 고생했다. 그리고 세탁을 하다 보니 손에 주부습진이 생기기 때문에 피부과 진료를 보고 싶지 않거든 핸드크림은 필수이다.

2. 색칠하기 북

심심하기 때문에 꼭 색연필과 색칠하기 북을 준비해서 틈날 때 마다 칠하기를 추천한다.

설마 내 나이가 있는데 이런 걸 하겠는가? 싶겠지만 한다. 꼭 한다. 성인용으로 준비를 꼭 하도록!

3. 인형

사실 반입이 될 수도 안 될 수도 있는 게 인형이다.

껴안고 잘 인형을 준비하라는 뜻이다.

평상시 껴안고 자는 인형이 있으면 꼭 들고 가라. 모포를 여러개 껴안고 자는 것보다 낫다.

4. 헤어밴드 & 머리끈

세안을 하기위한 헤어밴드나 머리끈을 준비하자.

수련회나 여행간 것처럼 미리 준비를 하는 것이 머리 적시지 않고 깔끔하게 씻을 수 있다.

5. 보습제

1번의 핸드크림이나 풋크림과 비슷하다.

평상시에 사용하던 보습제를 꼭 가지고 와서 사용해야 한다. 정말 건조해서 각질이 일어나고 껍질이 벗겨진다.

6. MP3

MP3나 CD플레이어는 일정 시간 동안 사용이 가능하다. 최신형이든 동묘 앞에서 어르신들이 사용하는 것을 구매해서 최신음악을 넣든, 음악을 듣고 싶어하는 사람이라면 꼭 준비해서 들어가자.

환자를 보러 가는 사람이 면회 때 선물로 준다면 세상에서 제일 좋은 면회선물이 될 것이다. 음악감상 프로그램에는 최신음악이 없기 때문이다.

안나의 과거의 기억

(트라우마를 만든 기억)

● 초등학생 때의 기억

초등학생 때 한 친구에게 이런 말을 들은 적이 있었다.

'00 문방구 이상하니까 거기 절대 가지 마!'

처음에 나는 그 친구가 하는 말이 무슨 뜻인지 전혀 몰랐다. 나중에서야 그 아저씨가 아이들을 성추행하는 것으로 유명한 소아성애자라는 것을 알았다. 불행 중 다행으로 나는 친구에게 충고를 듣기 전까지만 해도 자주 갔었던 그 문방구 아저씨에게 성추행 같은 걸 당한 적이 없다. 그 문방구 아저씨가 여자아이들의 가슴이나 어깨 엉덩이를 만질 때, 같이 운영하던 아저씨 부인은 도대체 말리지는 않고 뭘 하고 계셨던 걸까? 어찌나 빈번하던지 결국 동네에 소문이 퍼졌고, 당연히 학부모들도 단단히 화가 났다고 한다.

그리고 몇 년 후 그 문방구는 홀연히 자취를 감추었다. 그나저나 여자아이들을 그렇게까지 주물러대고 싶은가! 그럼 차라리 어린아이 인형을 사서 만지든지! 내 주위의 알고 지내던 아저씨가 소아성애자라니 충격적이었다. 이 사건을 제3자가 아닌 같은 여성으로서 보았을 때, 아직 대한민국은 여성들이 안전하지 않은 나라라는 생각이 들게 만들었다.

● 중학생 때의 기억

초등학교를 졸업한 지 몇 개월이 지나지 않아 중학생이 되었고, 사교육이 너무나도 당연한 한국에서 나도 학원에 다니게 되었다. 하지만 내가 학원에 다닌 이유는 친구들을 만나기 위함이었다. 초등학교와 다르게 학교 수업 끝나고 얼굴을 보며 놀 수 없었기에 학원을 다닌 것이다. 그렇게 난 학교가 끝나면 학원으로 가서 밤 10시까지 수업을 들었다. 매일 똑같이 집, 학원, 슈퍼, 집, 학원, 슈퍼였다.

그렇게 매일 똑같은 루트가 문제였었다. 내가 다니는 길은 아파트단지였지만 어두웠다. 그리고 불량학생들이 많은 시간대였다. 그리고 그들의 눈에 띄어버렸다.

그들이 그때 무슨 내기 같은 거라도 했는지 지금도 알 수 없지만, 그때의 난 아무것도 모른 채 슈퍼에 들르고 집 쪽으로 걸어갔는데, 아파트 단지 내의 기다란 골목을 누군가 날 따라 들어오는 것 같았다. 무서워서 고개를 돌릴 수 없었고 오히려 귀신인 것 같아 무섭기만 했다. 하지만 내 뒤에서 느껴지는 인기척과 발걸음 소리는 사람임을 확

신시켜주었고 점점 빨라지는 발걸음은 나를 더욱더 공포에 떨게 만들었다. 저 멀리서 뛰어오는 소리가 들리자 몇 초도 안되어서 어떤 남자가 뒤에서 나를 덮치는 게 느껴졌고 나는 그대로 죽는 줄 알았다.

하지만 그 남자는 내 몸을 만지고 재빠르게 도망갔다.

나는 비명을 질렀지만 어느 누구도 창문을 열고 쳐다봐주는 사람이 없었고 아파트 단지 안에는 조용한 정적만이 흘렀다. 그렇게 몇 분이라는 시간이 지난 후 나는 옷매무새를 다듬고 집으로 들어갔다. 집도 바로 코앞, 계단으로 조금만 가면 되는 곳. 거기서 안 좋은 일을 당했다. 아직도 믿겨지지 않는다. 집 코앞에서 이런 일을 당했다는 것을… 나는 곧바로 어머니에게 가서 말했지만 어머니의 반응은 싸늘하기만 했다. 내 예상과 다르게 침착하게 내게 행동하셨다.

그때 당시에는 왜 내 마음을 몰라주는지 속상했지만, 지금 성인이 된 상태로 보았을 때 성인이 되고 나서 당한 일들에 비해 이 일은 정말 아무것도 아님을 깨닫게 되었다. 그렇지만 어머니가 같은 여자로서 위로 한마디 해주지 않으셨던 건 크게 속상한 일이었다. 있어서는 안 되지만 만약 나중에 내 아이도 이런 비슷한 일을 겪으면 나는 위로를 해 줄 것이다.

그 사건 이후로 나는 친구에게 '미어캣'이라는 별명을 얻게 되었다. 몇 걸음 안 가서 주변을 두리번거렸기 때문이다. 그럴 수밖에 없었다. 그때부터 실제로 내 옆에 뛰어가는 사람, 빠르게 움직이는 사람, 또는 자전거가 있으면 두렵고 무서워서 아무 행동도 할 수 없었고 가만히 서서 지나가기만을 기다릴 줄 알았기 때문이다.

나는 점점 예민해졌고 누군가 내 뒤에 있으면 왠지 모를 두려움에 휩싸여야만 했다. 이것은 고등학생이 되어서도 사라지지 않고 계속되어만 갔다.

누군가 나보다 뒤에 있으면 나를 지나갈 때까지 천천히 걷거나 빠르게 걸어가 시야에서 벗어나도록 한다. 내가 잠재적 범죄자라 느꼈을 사람들에게는 정말 죄송하다. 하지만 고의로 그러는 것은 아니니 이해해주시길 바란다. 나를 지키기 위해 몸에서 자동으로 나타나는 행동이기 때문이다.

그런데 우스운 일은, 나에게 성인이 된 지금까지 트라우마를 준 그 사람이 누군지를 안다는 것이다. 동네 오빠였다.

왜 잡지 않았냐… 묻는다면, 어떻게 해야 할지를 몰랐다. 그리고 내가 피해자라는 사실을 밝히기 싫었다. 손가락질 받을 것 같았다. 그 손가락질이 내 가족에게까지 가는 것도 싫었다. 한창 TV에서 여성이 정조를 지켜야 한다는 소리도 듣고 싶지 않았다. 그리고 고작 중학교 1학년 아이의 말을 누가 믿겠는가? 그리고 그 오빠의 어머니도 무섭게 생겨서 무서웠다. 그래서 말하기를 포기했다.

그 이후 우연찮게 TV 뉴스에서 성추행, 강간사건의 대부분의 가해자가 피해자의 주변 인물들이라는 통계가 나왔다는 사실을 본 적이 있는데 반박할 수 없는 것 같다. 모르는 아이가 아니라 아는 아이인데 궁금한 게 생기니까, 물어보고 싶으니까, 더 친해지고 싶으니까 다가가는 것 아닐까 싶다. 그리고 그것이 범죄라고는 생각지 않은 채 행하는 것이고.

가끔은 지금의 개인주의가 과거의 친근함보다 안전할지도 모른다는 생각이 든다.

● 학교 교복과 티셔츠와 나시의 성(性)적 상관관계

학교 교복을 입을 때 한참 날씬하게 보이는 라인이 유행이라 교복셔츠가 허리까지 오고 치마가 하이웨이스트에 짧은 디자인이 유행이였다.

셔츠에 라인이 들어가 있고 소매가 짧고 달라붙기 때문에 안에 티셔츠를 입으면 삐져나와 소매부분이 예쁘지도 않고 살에 배기기 일쑤였는데, 그 방안으로 여학생들은 나시를 입기 시작했다. 그랬더니 나시가 성적으로 보인다며 학교에서 입지 못하게 했다.

결국 여학생들이 다른 학교들처럼 생활복을 입게 해달라며 항의를 했고, 승리해서 생활복을 입게 되었다. 생활복은 큰 사이즈를 입을 수 있어서 브래지어 위에 바로 입어도 티가 안 나고 좋았다.

● 머리끈과 목덜미의 성(性)적 상관관계

중학교때 한참 유행이던 머리끈이 있었다.

X자인 머리끈이었는데 이 머리끈이 외국에서는 지금 성관계를 하고 싶고, 그걸 동의한다는 뜻을 나타낸다고 여학생들에게 X자 머리끈을 금지시키는 일이 있었다.

또 머리카락을 위로 묶어 올리면(포니테일) 목덜미가 보여 성적이므로 내려 묶으라는 지시도 있었다. 참 별게 다 성적이다. 그렇게 살면 정상적인 생활이 가능한지 참으로 궁금하다.

| 에필로그 |

매일같이 병동에서 일기를 쓰듯 글을 썼습니다.

주변 사람들이 기웃거리고 간호사도 무엇인가 궁금해서 기웃거렸습니다. 재밌는 에피소드가 생기면 바로 내 자리로 달려가서 탁상을 올리며 종이를 꺼내 글을 적었습니다. 밥을 먹기 전에도, 잠을 자기 전에도, 게임을 하다가도, 피아노를 하다가도 달려가서 글을 적었습니다.

내 평생 그림을 그리는 것만 흥미를 느끼다가 글을 쓰는게 이렇게 재밌을 줄은 처음 알았습니다. 처음엔 '재미로 에세이를 써볼까?' 싶었습니다. 일기장을 제3자가 읽는 것처럼요. 그렇게 호기심으로 3장, 4장이 되니 점점 책을 내고 싶은 욕심이 생겼고 그 욕심이 모여 책을 출판하게 되었습니다.

그런데 정신병동이라는 점이 걸림돌처럼 느껴졌습니다. 저 이외의 다른 사람들의 이야기를 함부로 적을 수 없다는 점 때문에 책이 재미가 없거나 단순해질 것 같다 생각했기 때문입니다. 그렇다고 제 이야기를 하루종일 적기에는 너무 늘어지고 지루해지지 않을까 걱정이 되었습니다. 하지만 또 그렇다고 남의 이야기를 함부로 적을 수는 없었고 다들 숨기고 싶은 과거가 있을 텐데 쉽게 이야기할 수도 없었습니다. 그래서 두루뭉술하게 적었습니다. 지나가면서 사돈의 팔촌의 얘기처럼 할 수 있는 이야기로 말입니다. 그러니 '아! 누구의 이야기다' 하는 일은 당연히 없을 테고 오해하지 마시길 바랍니다. 또한 제가 정신병동에 입원했다고 해서 사회생활이 불가능한 사람은 아닙니다.

누구나 감기처럼 마음의 병이 슬쩍 왔다 갈 수도 있고 아예 안방에 드러누운 것처럼 오랫동안 지내다가 갈 수도 있는 게 마음의 병입니다. 차별은 삼가해 주시기 바랍니다.

저는 피해자들 중에 한 명이었고, 죽을 만큼 힘들었지만 글을 쓰며, 그림을 그리며 회복할 수 있었습니다. 사건이 불현듯 떠오르지만 잊으려 노력했고 지금도 그러고 있습니다.

완전히 잊혀지지는 않습니다. 나중에 이 사실을 결혼할 사람에게 말하지 못할 것도 압니다. 이 책을 내고도 내가 아닌 척하고 다니겠죠. 하지만 또다른 피해자들을 위해 전하고 싶은 말이 있습니다.

죽으려 하지 마시고 힘내서 살아나가셨으면 합니다. 저도 이렇게 열심히 살아가고 있잖아요. 정신없이 일거리를 늘려보세요. 그럼 하루종일 슬픔과 괴로움에 빠져 울지 않는 본인의 모습이 보일 거예요. 그러면서 극복될 거예요. 평범하게 생활하는 내 모습을 보면 안 좋은 사건들을 가슴속에 묻어둘 수 있게 됩니다. 그러니 힘내세요. 잊혀지지는 않지만 묻을 수는 있습니다.

마지막으로 고마우신 분들입니다.

중학교 동창인 은지의 조언을 받아 거친 말들을 수정하고 조언을 받았는데 칭찬도 듣고 자신감을 얻었습니다. 은지야 고맙다!

그리고 어머니께도 감사합니다. 글을 쓰는 데 있어서 기도를 해주시며 잘 될거라며 힘을 주셨습니다.

그리고 언제나 저의 키다리 아저씨인 최선배님께도 감사드립니다. 늘 사고만 치고 말 안 듣는 막내인데도 힘들 때마다 위로해주셔서 감사합니다.

이외에도 실명을 쓰지 못한 흑진주, 15살 친구, 원언니, 수많은 간호사, 간호학생, 의사 선생님들 다들 너무 감사합니다.